My Persian

Hello! My name is Dina and this book is all about my grandparents. They are the sweetest Maman Bozorg and Baba Bozorg on this planet!

سلام! اسم من دينا است. اين كتاب در باره مادربزرگ و پدربزرگ من است. آنها مهربان ترين پدربزرگ و مادربزرگ روی زمين هستند.

IRAN

Sometimes, they show me old photo albums and tell me stories about their childhoods in Iran. Baba Bozorg says Iran is a country of art, delicious food, beautiful music, and so much more.

آنها گاهی آلبومهای قدیمی عکسهایشان را به من نشان میدهند و قصه های زیادی از کودکی خود در ایران برایم تعریف میکنند. بابابزرگ همیشه میگوید که ایران کشوری است با آثار هنری، غذاهای خوشمزه، موسیقی زیبا و چیزهای بسیار دیگر.

Before retirement, my Maman Bozorg worked as a doctor and my Baba Bozorg was an engineer. That must be why Maman Bozorg wants me to study medicine, and Baba Bozorg wants me to study engineering.

مامان بزرگ پیش از بازنشستگی پزشک بود و بابا بزرگ مهندس. شاید برای همین است که مامان بزرگ میخواهد من در رشته های پزشکی درس بخوانم اما بابا بزرگ میخواهد مهندس بشوم.

Grandpa

Grandma

My grandparents love traveling. They send me lots of pictures from all over the world!

مادربزرگ و پدربزرگم هر دو عاشق مسافرت هستند. آنها از سفرهایشان به دور دنیا برای من عکس میفرستند.

My grandparents have a beautiful indoor and outdoor garden. Baba Bozorg teaches me all about plants, and Maman Bozorg shows me how to take care of them.

بابا بزرگ و مامان بزرگم گیاههای زیادی در خانه و باغچه های زیبایی در حیاط دارند. بابا بزرگ به من در مورد گیاهان میآموزد و مامان بزرگ روش نگهداری از آنها را.

My Baba Bozorg calls my Maman Bozorg "my nightingale" because she has a beautiful voice. Sometimes, I join in, and we sing together.

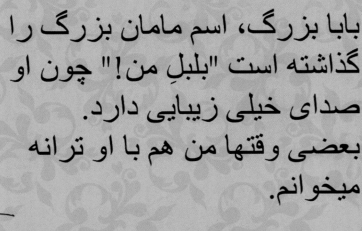

بابا بزرگ، اسم مامان بزرگ را گذاشته است "بلبلِ من!" چون او صدای خیلی زیبایی دارد. بعضی وقتها من هم با او ترانه میخوانم.

من آمده ام وای وای
من آمده ام
که عشق فریاد کند
من آمده ام...

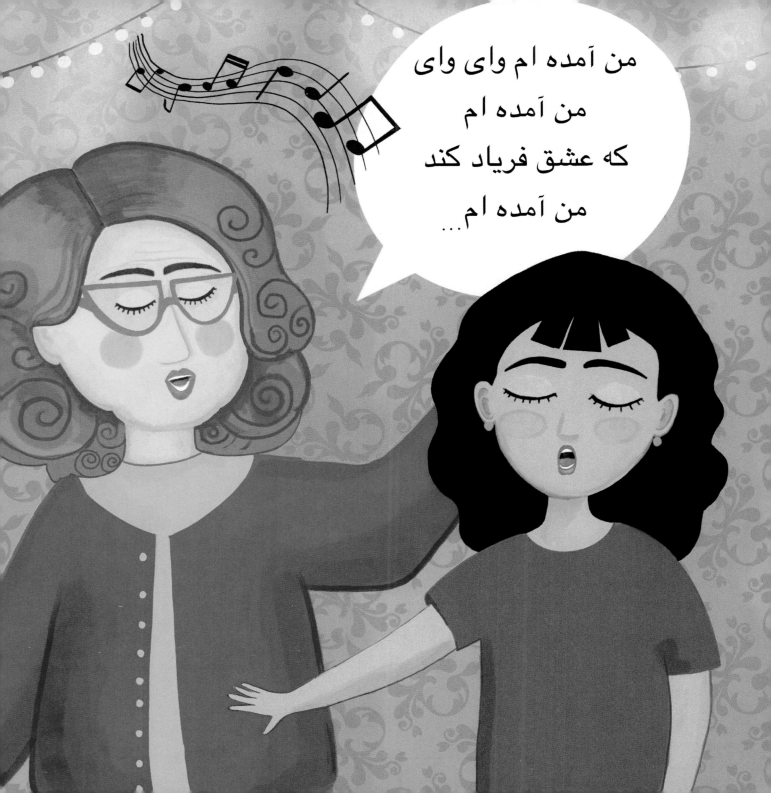

Whenever I have a question, I go to Baba Bozorg. He sits in the garden, drinks his cardamom tea with rose petals, and answers all my questions.

من هر وقت سوالی دارم میروم سراغ
پدربزرگ. او در باغ، چايِ با عطر هل
و گلبرگهای رُز خشک شده مینوشد و
به همه سوالهای من جواب میدهد.

My Maman Bozorg loves fashion and knows a lot about Italian shoes and French purses. I love going shopping with her.

مامان بزرگ عاشق مُد است و در باره کفش ایتالیایی و کیف فرانسوی چیزهای زیادی میداند. من خیلی دوست دارم با او به خرید بروم.

Whenever I come over
for a sleepover, Maman
Bozorg bakes all my
favorite desserts. She is
my sweet fairy.

هر وقت شب در خانه آنها
میمانم، او شیرینیهای مورد
علاقه ام را برایم درست
میکند. مامان بزرگم برای من
مثل پَری شیرینیهاست.

عسل
ارد

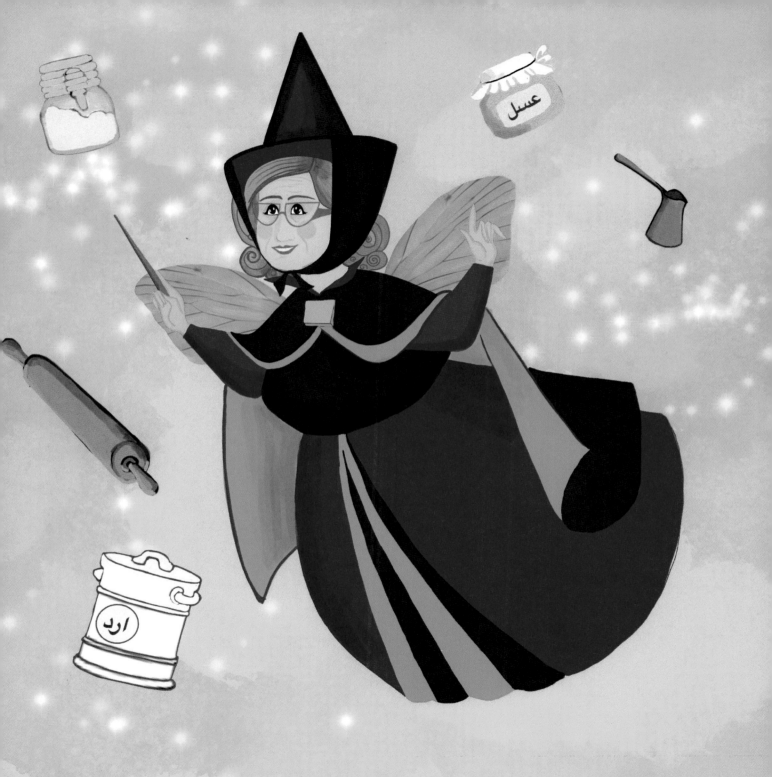

My grandparents are amazing babysitters. If I don't feel like sleeping, they let me play. Sometimes, we have a dance party! But don't tell my parents!

مامان بزرگ و بابا بزرگ بهترین پرستارهای بچه در دنیا هستند. وقتی خوابم نمیبرد، اجازه میدهند بازی کنم. بعضی وقتها با هم مهمانی رقص میدهیم! اما به پدر و مادرم نگویید لطفآ !

My grandparents are amazing, and I never leave their house without drawing a picture of us together.

من بهترین بابا بزرگ و مامان بزرگ دنیا را دارم. هیچ وقت خانه آنها را بدون کشیدن یک نقاشی از خودمان، ترک نمیکنم.

When Shaadi can't find her rooster, Joojoo, she goes around asking her neighbors, the local baker, and the shepherd boy if they have seen her rooster friend. What Shaadi hears from them surprises her. She has taken care of Joojoo since he was just a little chick, and she hasn't realized that he has grown into a big and strong bird. Set in the charming village of Abyaneh, this story is about the power of love and friendship. Written for children ages 3 to 7 and their parents.

Anahita Tamaddon's other books:

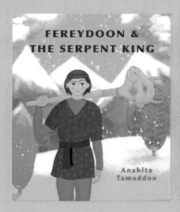

Made in the USA
Las Vegas, NV
07 November 2023

80398158R00017